CAIO TOZZI

Ciranda Cultural

© 2023 Ciranda Cultural Editora e Distribuidora Ltda.

Texto Caio Tozzi	Produção editorial Ciranda Cultural
Editora Michele de Souza Barbosa	Diagramação Linea Editora
Ilustrações Vicente Mendonça	Revisão Fernanda R. Braga Simon Eliel Cunha
Preparação Fátima Couto	Design de capa Ana Dobón

Dados Internacionais de Catalogação na Publicação (CIP) de acordo com ISBD

T757e   Tozzi, Caio

        Edifício universo / Caio Tozzi ; ilustrado por Vicente Mendonça. - Jandira, SP : Ciranda Cultural, 2023.
        96 p. ; 15,50cm x 22,60cm.

        ISBN: 978-65-2610-526-9

        1. Literatura brasileira. 2. Relacionamento. 3. Brasil. 4. Depressão. 5. Acolhimento. 6. Saúde mental. Mendonça, Vicente. II. Título.

                                  CDD 869.8992
2022-0926   CDU 821.134.3(81)-34

Elaborado por Lucio Feitosa - CRB-8/8803

Índice para catálogo sistemático:
1. Literatura brasileira 869.8992
2. Literatura brasileira 821.134.3(81)-34

1ª edição em 2023
www.cirandacultural.com.br
Todos os direitos reservados.
Nenhuma parte desta publicação pode ser reproduzida, arquivada em sistema de busca ou transmitida por qualquer meio, seja ele eletrônico, fotocópia, gravação ou outros, sem prévia autorização do detentor dos direitos, e não pode circular encadernada ou encapada de maneira distinta daquela em que foi publicada, ou sem que as mesmas condições sejam impostas aos compradores subsequentes.

Para
Renata Magliocca

SUMÁRIO

Mabel..10

Grace 17

Pierre 25

Wander...31

Rufino 38

Heitor 45

Elis 52

Jaques 59

Norma 67

Tina 74

Suzi 82

Padu..88

Epílogo 93

Sobre o autor..96

MABEL

—Pai?

Abri a porta com pressa, ainda muito ofegante. Tinha subido correndo os cinco lances de escada que levavam ao apartamento onde papai e eu estávamos morando. Àquela altura, já não adiantava reclamar sobre a decisão dele de ter escolhido um prédio sem elevador. Eu vivia implicando com isso: "Puxa, pai, mas estamos em pleno século XXI!", e sempre recebia a mesma explicação: "Foi o que consegui, filha! Os tempos estão difíceis...".

Deixei a mochila no chão assim que entrei em casa, no mesmo lugar de sempre, bem ao lado do capacho, onde também ficaram meus tênis – havíamos conquistado aquele hábito de deixar os calçados na entrada na época da pandemia. Depois, segui correndo para a sala até chegar ao corredor, e foi quando percebi algo estranho. Voltei até a porta da cozinha. Estava tudo apagado.

Edifício Universo

Ali minha intuição deu um sinal. Eu tinha só treze anos, mas ela nunca falhava. Já tinha sacado o que estava acontecendo. Não foi por acaso que minhas mãos começaram a tremer e um pequeno mal-estar me fez fechar os olhos. Suspirei fundo, tentei manter a calma e continuei a buscar por ele.

– Paiê… Você está aí?

Não era a primeira vez que aquilo acontecia, e eu imaginava que não seria a última. Era muito, muito difícil lidar com as crises do papai; eu nunca sabia muito bem o que fazer, como me comportar. No fundo, morria de medo de mais dia, menos dia ter minha vida cruzada pelos mesmos sintomas que via surgir nele, como se fosse algo hereditário: a boca seca, os olhos cheios de medo, uma vontade de chorar sem sentido, pernas bambas, o desejo maluco de sumir, de fugir. De escapar de si mesmo.

– Mabel, vou deitar – ele sempre dizia naquelas ocasiões, em voz baixa e embargada.

Era o sinal de que algo começara a ruir.

Que o fio havia se desencapado.

Já vira aquilo acontecer mais de três vezes, talvez. Conduzia a situação mesmo com minha inexperiência, tentando fazer com que ele se tranquilizasse. Daquela vez, porém, cheguei quando tudo já tinha começado. Por isso o meu desespero; não sabia como ele havia se comportado diante do susto e da solidão.

Edifício Universo

A porta do seu quarto estava fechada. Diante dela, eu batia sem parar.

– Pai, está tudo bem? – Eu tremia da cabeça aos pés.

E não tive nenhuma resposta. Encarei-a de cima a baixo, com o verdadeiro desejo de arrombá-la, de tirá-lo dali à força, de arrancar as coisas ruins e estranhas que deviam estar dentro dele, de trazer a luz de volta e fazer algo para aliviar sua dor. Aquela dor, segundo ele, sem muita explicação. Medo, medo e mais medo. Um pavor que o acometia constantemente e que também me dila-cerava. Era difícil, muito difícil para mim. Uma vez uma tia minha, sabendo desses ocorridos com papai, sugeriu que ele buscasse uma terapia.

– Isso é pânico, Padu – suspeitou. – Fique atento, pode piorar.

Papai agradeceu pelo diagnóstico e pelo nome da psi-cóloga indicada, entregue num papelzinho que se perdeu no fundo de uma gaveta qualquer.

– Não temos dinheiro para uma coisa dessa agora, Mabel – justificou ele no carro, dirigindo de volta para casa naquele dia, sem que eu ao menos tocasse no assunto. E ainda prometeu: – Mas vou procurar me cuidar.

Ainda sem conseguir ter noção de como papai estava, mas também não querendo ultrapassar os limites dele, fui até a cozinha providenciar um lanche, já que não havia perspectiva de jantar para aquela noite. Enquanto cortava com dificuldade um pão já duro de alguns dias antes, percebi que o relógio de parede já marcava seis e quinze da tarde.

"Ai, preciso ligar para a Grace antes que eu me esqueça!", falei para mim mesma.

Dias com situações como aquela me deixavam completamente perdida. Sentei-me no sofá, carregando o prato com um sanduíche que eu comia sem muito entusiasmo, só porque meu estômago já dava algumas pontadas. Deixei minha série preferida rolando na televisão, sem prestar muita atenção nos acontecimentos. "Depois vou ter que rever este episódio!", pensei alto. Quando estava levando o prato de volta à cozinha, vi a porta do quarto de papai semiaberta. Deixei tudo de qualquer jeito e corri para saber como ele estava.

Com todo o cuidado, olhei pela fresta. Percebi papai se aproximando, vindo na minha direção. No estado de pânico, ele fazia aquele ritual, que eu já conhecia bem: depois de ficar calmo e sentir-se protegido, ele abria um pouco a porta para me comunicar que estava melhor. Ou talvez fosse o que ele queria me comunicar, mesmo que na maioria das vezes desconfiasse de que seus pavores não tivessem passado por completo.

– Aconteceu aquilo de novo, né, pai? – perguntei, encostada no batente.

– É... – E, depois de um silêncio, ele completou: – Mas vai passar!

– O que foi desta vez?

Eu já sabia que muitas vezes havia um gatilho para as crises. Algo disparava um pensamento ou um sentimento irracional e o apavorava por completo. Com os olhos hesitantes, ele apontou para trás de mim. Virei-me, buscando na parede branca algo de diferente, mas não vi nada de errado ali. Voltei para ele, pedindo que fosse mais explícito.

– Não está vendo?

– O quê, pai?

– Uma rachadura.

Forcei a vista para identificá-la. Ainda sem sucesso, caminhei até bem perto da parede e pude ver um pequeno risquinho, uma fissurinha na tinta branca.

– Pai, eu acho que isso não é nada... – analisei, mesmo sabendo que minha fala de nada valeria. Qualquer coisa que eu dissesse não impediria que a cabeça dele fabulasse milhares e milhares de catástrofes. – Você está achando que...

– Será que não tem perigo? – ele me cortou.

– Tipo?

– Sei lá... de o prédio cair.

Eu achava que não. Definitivamente, não.

GRACE

Quando a campainha tocou, eu estava deitada no sofá. Na verdade, estava mais jogada do que deitada. Meus pés estavam para o alto, eu tinha apoiado as pernas no encosto, e meu corpo se despejava pelo assento. Minha cabeça estava pendurada perto do chão. Lembrei como me divertia naquela posição quando era menor, quando tinha, sei lá, seis ou sete anos, pensando em como seria a minha vida se a casa fosse de ponta--cabeça. É, como se o teto fosse o chão, e vice-versa. Daquela maneira, a luminária ficaria nos nossos pés, e os móveis, grudados lá no alto. Ainda era divertido me imaginar morando numa espécie de casa maluca, como certa vez vi num parque de diversões.

"Mabel, assim você vai quebrar o pescoço!", diria minha mãe se me visse daquele jeito, porque é assim que as mães pensam, com os maiores dos exageros quando os filhos fazem pequenas ousadias. Mas, no meu caso, minha mãe não dizia mais coisas daquele tipo (nem de outros) fazia alguns anos. Ela tinha morrido em um acidente.

– Puxa, a gente tinha marcado, né? – desculpei-me ao abrir a porta depois da segunda vez que a campainha tocou e ver a cara enfezada da Grace, de braços cruzados, com os óculos enormes e a franjinha balançando conforme a cabeça se mexia.

Sem ao menos ser convidada, ela avançou a passos firmes para dentro do meu apartamento, abraçada a três apostilas, um caderno e um estojo.

– Sim, Mabel. A gente tinha marcado às sete. E são sete em ponto! – E então Grace jogou seu material na mesa de jantar e validou o horário mostrando para mim a tela do celular.

– É, eu sei… desculpe – respondi, tentando achar um jeito de cancelar o encontro.

– Tudo bem, amiga. Não tem problema! Vamos começar, porque senão eu vou me dar mal nas provas (que no caso começam amanhã cedinho!) – Ela falou, tomando conta do local. – Acho que aqui é o melhor lugar para estudarmos, né não?

Grace foi a primeira pessoa de quem me aproximei no Edifício Universo, aquele pequeno e simpático prédio onde papai e eu vivíamos havia poucos meses. Tínhamos a mesma idade, e ela foi muito atenciosa quando descobriu

Edifício Universo

uma nova garota como vizinha. Eu logo fui com a cara dela (o que era o mais importante), mesmo que tenha achado que falasse demais e, às vezes, fosse muito intrometida. Mas, de todo modo, ela me pareceu uma boa pessoa, só um pouco sem noção.

Quando me dei conta, Grace estava debruçada em uma apostila de história, falando sozinha alguma coisa qualquer, com lápis, borracha e apontador fora do estojo.

– Então, veja se eu entendi, Mabel: quer dizer que os fenícios... – E ela ia falando e perguntando sem parar, emendando os assuntos da disciplina com comentários aleatórios, como, por exemplo: "Cruzei com o Pierre agora, aquele moleque insuportável do primeiro andar. Bonitinho, mas chato demais. Como é que Papai do Céu faz uma malandragem dessas, hein, Mabel?".

Mas tudo o que chegava aos meus ouvidos era uma espécie de zunido sem fim. Eu não estava com capacidade de decodificar qualquer informação que saía da sua boca. Diante da mesa, fechei os olhos e, sem me preocupar com sua presença, desabei a chorar.

Sim, não aguentei.

Chorei, chorei, chorei sem parar.

Tentei ao menos não fazer escândalo para não assustar papai, coitado. Era difícil fingir que nada estava acontecendo; tudo aquilo me preocupava muito.

Edifício Universo

Grace, ao se dar conta de que meu choro era real (ela falava tanto que demorou a notar), ficou boquiaberta e travou. Não entendeu muito bem por que eu estava fazendo aquilo; imaginou que fosse culpa dela, que tivesse feito algo de errado.

– Ah, Grace, bem que sua mãe diz que você precisa parar de chegar atropelando tudo! – disse para si mesma.

E, então, levantou-se e veio me abraçar. Eu me senti um pouco invadida, desconfortável com aquela atitude – quem ela era para me abraçar daquele jeito? Mas, é claro, Grace achou que estava fazendo o que deveria, tentando me acolher.

Com o queixo apoiado no ombro dela, meus olhos marejados apontavam para a porta fechada do quarto de papai. Eu só pensava: o que eu deveria fazer? Como ele poderia se salvar?

– Como eu posso ajudar, hein, Mabelzinha? – ela perguntou afetuosamente.

Em dias como aquele, tudo virava pelo avesso, como na minha brincadeira infantil. As coisas saíam do lugar de modo desesperador. Eu até fiquei com vontade de falar a verdade para Grace, dividir com ela o que estava acontecendo, mas hesitei no primeiro instante. Papai não se sentia à vontade em compartilhar suas questões com as pessoas, ainda mais se fossem estranhos. "Ninguém precisa saber da nossa vida, Mabel!", ele repetia quando passávamos por situações mais delicadas, como, por exemplo, a morte de mamãe. "A gente vai conseguir lutar juntos, só nos dois." E eu sempre pensava: "Eu só tenho treze anos. Só! E nem sempre sei lidar…", e, assim, até meu raciocínio me surpreendia, "com a complexidade humana…".

Mesmo não tendo certeza se seria uma boa falar sobre tudo, acabei arriscando. Precisava tirar algo de dentro de mim, aliviar meu coração, e aquela parecia ser a única oportunidade. Eu nunca fui de ter muitos amigos, talvez porque papai também sempre fora na dele, recluso demais (ainda mais depois da partida da mamãe), e as pessoas que eu conhecia agora estavam longe.

Olhei para Grace, que retribuía o gesto com um sorriso sincero, e falei:

– Meu pai não está bem. É só isso.

Grace procurou por ele ao redor, escaneando o apartamento com os olhos, e não o encontrou. Pensou até que ele estivesse, sei lá, em um hospital.

– Fique calma, Mabel! – foi o que conseguiu dizer.

– Eu tento, mas é difícil. Somos só nós dois aqui nesta cidade, sem nenhum apoio.

– Como assim? E a gente? Os seus vizinhos? – Grace disparou. – Vocês podem e devem contar com todos nós, ué!

Eu não sabia se isso era possível.

– Mais ou menos, Grace. Não é bem assim.

– Por que não?

Fiquei aflita. Achei que poderia estar traindo a confiança do papai. Mesmo assim, acabei me abrindo com ela.

– Meu pai tem crises de pânico às vezes. Foi isso que uma tia minha explicou a ele sobre os pavores que surgem em sua cabeça de vez em quando. Ele fica achando que alguma coisa ruim vai acontecer, que vai morrer, coisas assim. Mas meu pai não gosta que eu fale sobre isso. Eu respeito… – expliquei. – Por isso, por favor, não comente isso com ninguém.

Ao encerrar meu breve desabafo, me senti sendo abraçada outra vez.

Entendi que, no fundo, era do que eu mais precisava. Grudada em mim, Grace se aproximou do meu ouvido e falou:

– Você pode falar com a Elis, do 205. Não há coração melhor nesta cidade.

PIERRE

—Sério, Mabel, pode vir comigo! Eu vou com você até o apartamento dela.

A imagem de Grace estendendo a mão para mim naquele dia ficou marcada para sempre na minha memória. Era como se algo que eu desejasse demais (e havia muito tempo!) estivesse, enfim, acontecendo. Foi mágico.

Mas, a bem da verdade, demorou um pouco para eu aceitar por completo aquela ajuda. Não queria mesmo expor papai, mas talvez tivesse entendido, com o que Grace me falou, que era impossível enfrentarmos aquela barra toda sozinhos. E, mais do que isso: não era necessário.

Por isso, segui com ela naquela noite. Antes de sairmos, porém, corri até o quarto onde papai estava trancado para ver sua situação – e tudo pareceu mais tranquilo. Ele estava deitado na cama, em silêncio. Aproximei-me e percebi que tinha adormecido. Seria bom, acordaria revigorado. Talvez aquele fosse o tempo necessário para eu ter a conversa com a tal vizinha "incrível".

– Ele está dormindo – falei para Grace, que organizava seu material para sairmos. – Não gosto de deixar meu pai sozinho quando está assim… – confessei.

– Fique tranquila, Mabel. Nós não vamos sair daqui do prédio. São só três andares para baixo.

– É verdade…

Então, deixamos o apartamento e fomos descendo pelas escadas. Àquela altura, eu já estava muito mais calma e consegui dividir com Grace coisas mais íntimas relacionadas ao caso. Mais do que nunca, ela me pareceu alguém realmente confiável.

– Mas como foi que o negócio aconteceu desta vez, Mabel? – ela quis saber.

– Grace, é tudo muito maluco! – Quando falei isso, me arrependi. – Quer dizer, maluco não é a melhor palavra para definir. Parece isso para quem está de fora. Mas é sofredor para quem está vivendo. A cabeça da pessoa viaja numas coisas muito sem noção, sem sentido.

– Tipo o quê?

– Ahn.. tipo… – Aí pensei nas experiências que já tinha visto papai viver, mas resolvi exemplificar com a daquele dia mesmo. – Ele vê uma pequena e inofensiva rachadura na tinta da parede e acha que aquilo é um sinal de que o prédio vai desabar, sacou?

Antes que me respondesse, tomamos um susto danado ao ouvir:

– Desabar? O prédio? O nosso prédio?

Demos um salto, porque a voz saíra do nada e ecoou pela escadaria como a de um fantasma esperando para nos atacar. Só que, pelo jeito, fomos nós que o surpreendemos. Vi, então, um garoto sentado sozinho em um dos degraus. Ele estava com uma cara realmente apavorada.

– Pierre! – repreendeu Grace, dando-lhe um tapinha no ombro. – Você fica escondido aí no escuro da escada para quê, moleque?

Ele a encarou por um instante. Depois, levantou sem dizer nada e ficou na nossa frente, impedindo a passagem.

– Qual é, Grace? *Cês* vêm com esse papo de o prédio cair, e eu sou o problema? Bora avisar os moradores com urgência!

Ah, não! Ali temi que as coisas fugissem do meu controle. Grace ficou sem saber como agir, mas, como talvez tivesse certa intimidade com o tal (eu só o tinha visto de longe, entrando e saindo do prédio), conseguiria despachá-lo com rapidez.

– Não se meta onde não foi chamado, Pierre! Caia fora!

Ela não podia ser mais direta.

– Não, não! Quero que cês me contem tudo! – ele retrucou, irredutível. – Eu tenho o direito de saber e vou garantir a segurança de todos os vizinhos.

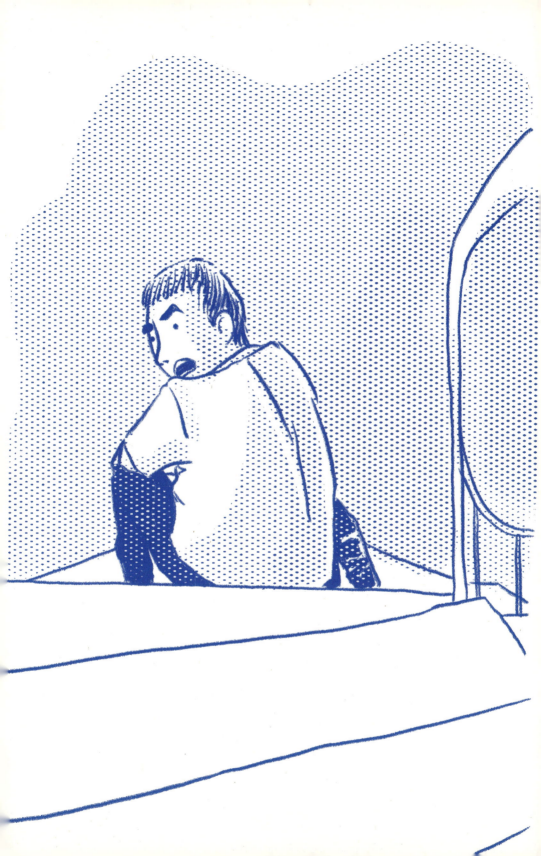

– Garoto, se toque, você não consegue garantir a segurança nem das suas próprias coisas!

Ele cerrou a boca, estufou o peito e se aproximou.

– O que cê tá querendo dizer, hein, Grace?

Minha amiga, que estava de braços dados comigo, apenas indicou com o olhar a bermuda dele.

– Seu zíper está aberto, cara! Se toque!

Pierre ficou roxo de vergonha na hora, e eu não consegui conter a risada. Acho que ele percebeu e ficou bravo comigo também. Grace me puxou, e seguimos descendo as escadas, rumo ao apartamento da tal Elis. Naquele instante, tive uma sensação estranha – eu estava leve, distraída, no momento em que meu pai estava mal, triste, em crise. Não sabia se deveria, mas precisava rir um pouco. Talvez tenha entendido que não estava grudada nele e nem, necessariamente, deveria viver o mesmo que ele vivia. Talvez assim, indo além do nosso apartamento, pudéssemos encontrar caminhos para nossas questões particulares.

– Cês vão ver, hein? Me aguardem! – a voz do tal Pierre ecoou pelos corredores, enquanto Grace e eu parávamos diante da porta do apartamento 205.

WANDER

– "**P**ierre Zombeteiro." Nunca tinha ouvido falar nele?

Grace era engraçada demais. O jeito como ela falava do vizinho que eu acabara de conhecer me fazia esquecer tudo o que eu estava vivendo. Enquanto esperávamos alguma resposta da tal Elis, após tocarmos a campainha, comecei a gargalhar com os comentários ácidos que Grace continuava a disparar sobre o menino.

– Conheço o tipo faz tempo – ela disparou como uma matraca. – Está sempre cercando a gente, fazendo-se de valentão, e você viu? Nem o zíper da calça consegue fechar… Que vergonha alheia, meu Deus! Que vergonha!

Ainda de braços dados, lado a lado, pousei a cabeça em seu ombro. Éramos mais ou menos da mesma altura. Quando fiz isso, ela parou de falar por um instante. Aquele pequeno gesto de alívio e afeto nos conectou definitivamente. É, foi ali. Senti, por alguma razão, que estávamos deixando de ser apenas duas conhecidas, vizinhas, para nos tornarmos amigas.

Eu queria muito fazer novas amizades. Precisava tanto...

Senti que Grace também tinha entendido o exato momento em que algo se transformou. Talvez estivesse se sentindo desconfortável com isso. As transformações, eu viria a entender, por mais que fossem boas, nos deslocavam, nos incomodavam, mexiam com a gente.

Querendo fazer o tempo voltar a correr depois daqueles momentos de suspensão, Grace quebrou o gelo e disse:

– Mabel, acho que ela não está.

A vizinha não havia atendido à porta.

– Ela às vezes sai de noite. É ligada à astronomia. Ou seria astrologia? Eu nunca sei... – Grace explicou, confusa. – Aí faz uns estudos, uns atendimentos.

– Entendi... – respondi em voz baixa, um pouco frustrada. Tinha criado certa expectativa sobre o encontro. Sendo assim, achei que deveria voltar imediatamente para meu apartamento, para ficar junto de papai.

Naquele momento, Pierre passou por nós na maior velocidade. Talvez nem tenha percebido nossa presença ali no corredor. Estava balbuciando algo, uma ladainha sem fim.

– Lá vai o Zombeteiro infernizar o coitado do Wander, quer ver só?

Edifício Universo

Grace sabia de todos os movimentos que aconteciam no Edifício Universo. Mas também tinha uma razão para isso: ela morava ali desde que era bebê. Ou seja, aquele era mesmo seu universo, com o perdão do trocadilho. Ela também vivia repetindo uma brincadeira, já que seu pai, Rufino, era o síndico (ele era reeleito para a função em todos os pleitos): "Filha de síndico sindiquinha é!", dizia para justificar o conhecimento sobre tudo e todos.

Aos poucos eu ia entendendo que aquele também poderia ser o meu lugar. Aliás, naquela noite, seria a primeira vez que eu entenderia aquilo de fato.

Grace estava com a razão. Pierre, *o-garoto-do-zíper--aberto*, tinha ido mesmo atormentar Wander. Wander era o simpaticíssimo porteiro do turno da noite. Um sujeito sorridente que, trajando seu uniforme azul, acompanhava o ir e vir das pessoas de dentro de uma guarita instalada próxima ao portão, sempre atento à segurança delas.

– Tá tudo bem aí, Pierrito? – perguntou ele, tratando carinhosamente o garoto, que estava rondando a guarita sem nada dizer.

– Tudo, Wandão, tudo! – respondeu o outro secamente.

O porteiro, é claro, sabia que não era verdade. Aliás, os porteiros sabem exatamente o estado de espírito de cada morador dos prédios onde trabalham. Têm os olhos

treinados e muita sensibilidade. Ainda mais em se tratando de crianças e jovens que, dependendo do tempo de serviço no local, viram nascer e crescer. Era o caso.

– Cê conhece a nova moradora? A menina do quinto andar? – o garoto puxou assunto, de cara amarrada.

– Ô, Pierre, olhe as perguntas que você me faz. Lógico que eu conheço! Gostou dela, é? Quer que eu apresente?

– Qual é, Wandão? Tá doido? Maior menina estranha...

– É nada, moleque. Estranho é você! – ele o provocou em tom de brincadeira. – Menina linda, simpática. Mora com o pai, o seu Padu. Aliás, aquele é um cara bacana demais. Gente boa, gentil. Trabalha em casa mesmo. Sabia que ele desenha histórias em quadrinhos? Me prometeu até umas revistinhas pra eu levar pros meus meninos...

– Jura? – surpreendeu-se o garoto.

– É... sério! Se quiser, peço umas para você também!

– Que mané revistinha, Wandão? Maior coisa de criancinha...

– Tá bom, adultão! Então, bora falar de homem pra homem. – E ele engrossou a voz, ainda se divertindo com o menino. – E por que você quer saber da garota? Por que a achou estranha?

– Tava com a Grace.

– A Grace sempre fazendo amizades...

– Outra estranha!

– Todo mundo é estranho agora, Pierrito? E qual é o problema com elas?

– Tavam conversando na escada.

– E o que tem isso? É proibido, é? Você implica com tudo!

– Elas tavam falando que o prédio vai cair. Tá ligado nisso, Wandão? Fiquei maior preocupado!

Wander fez o sinal da cruz de imediato, encarando a fachada do Edifício Universo.

– Vire essa boca pra lá, Pierre! Deve ter ouvido coisa demais…

– Ah, Wandão! – resmungou o garoto, e saiu, enfezado por nunca ser compreendido.

O porteiro observou o garoto entrar no saguão e sumir pelas escadas. Depois encarou mais uma vez o edifício. Pensou na sua vida trabalhando lá. Tinha muito orgulho da sua trajetória.

"Vinte e cinco anos por aqui não é pra qualquer um, hein?", disse consigo, sorrindo para aquele charmoso predinho de tijolos. Então, voltou para seu posto, mas pela hora seguinte ficou remoendo o papo com Pierre, que o deixara realmente ressabiado. De onde o menino tinha tirado aquilo? Não seria melhor ver se estava mesmo tudo bem?

RUFINO

— Wander! Que surpresa você aqui... – falou o síndico ao abrir a porta.

– Desculpe, seu Rufino, eu sei que já são dez horas da noite, mas eu precisava falar com o senhor. Pois é, o que aconteceu foi que a história acabou indo além do que eu poderia imaginar.

– Claro! Aconteceu alguma coisa? – perguntou Rufino, sempre receptivo.

– Não... – respondeu o porteiro. – Ainda não. E eu espero que não aconteça...

– Você está me deixando preocupado, Wander!

Então, o porteiro desandou a falar ali mesmo à porta do apartamento do síndico.

– Desculpe, podia ter interfonado, mas achei que o assunto era sério. Preferi dar uma subidinha rápida para falar ao vivo. – E, então, tomou coragem para perguntar:

– O senhor está sabendo de alguma coisa sobre algum risco de queda do nosso querido edifício?

Um gelo subiu pela espinha de Rufino. Aquele papo era mesmo muito sinistro.

– Isso não existe, Wander. Sou engenheiro e posso lhe garantir que está tudo bem – afirmou. – E, por favor, não deixe que essa história se espalhe. Isso não existe, Wander! A gente tem morador idoso aqui, como o seu Jaques, e um boato desse poderia provocar algo nele que nem quero pensar.

– Valha-me Deus! – respondeu o porteiro, repetindo o sinal da cruz. – Não quero fazer mal a ninguém. Só precisava mesmo confirmar se tudo estava certinho…

– Está, sim. Fique tranquilo e pode retornar ao seu trabalho em paz!

– Obrigado, obrigado mesmo! E desculpe qualquer coisa…

Mas, antes de fechar a porta, Rufino, obviamente, achou pertinente perguntar:

– Mas… de onde saiu essa história, hein?

Wander, que já seguia pelo corredor, voltou-se para o homem e, um tanto envergonhado, teve de dizer:

– Tem a ver com a sua filha, a Grace. O Pierre, o filho da dona Norma, veio falando que a menina tinha comentado algo do tipo. Fiquei preocupado; talvez ele estivesse falando a verdade, já que o senhor é o síndico, não é?

Edifício Universo

Rufino assentiu com a cabeça e despediu-se do porteiro, pedindo para ele ficar em paz. Fechou a porta aborrecido e seguiu direto para o quarto da filha.

– Grace! Que papo é esse do Wander? Que o prédio vai cair... De onde você tirou um absurdo desse? – disse, entrando no local e acendendo a luz.

Grace, como me contaria depois, suou frio naquele momento. Demorou um pouco para fazer as devidas conexões e entender que Pierre, provavelmente, tinha levado a história do meu pai para o porteiro.

– Calma, muita calma! – ela pediu, decidindo ainda se deveria mentir ou dizer a verdade ao pai. Pelo seu histórico, preferiu arriscar pela verdade, porque as consequências sofridas em todas as vezes que inventara algo não tinham sido boas. Então, começou a falar: – Você conhece o Padu, novo morador? O pai da Mabel?

E, então, sentada em sua cama, replicou o que eu havia contado sobre o que acontecia com meu pai em suas crises todas. Rufino ouviu parado de pé à porta do quarto. Quando a filha terminou, apenas assentiu com a cabeça e falou:

– Tá bom...

Uma reação muito, muito estranha, incompatível com o que ela esperava dele. Geralmente, estando certa ou errada, ele viria com um mínimo discurso que fosse, explicando e contextualizando o tema. Não foi o caso. Parecia que algo o tinha acertado em cheio.

Rufino apagou a luz do quarto dela e fechou a porta. Grace deitou na cama e se cobriu, tentando se concentrar no sono. Voltou a lembrar, só naquele momento, que as provas começariam no dia seguinte, e ela acabara não estudando nada. Certamente ficaria de recuperação em alguma matéria – ela que se preparasse para as consequências.

Então, levantou-se e foi até sua mochila. Lá, pegou a apostila de história outra vez, numa tentativa de ter o mínimo de conhecimento necessário para se garantir. Foi impossível. Sua concentração estava pior do que nunca. Não parava de pensar em mim e no papai. Ela me mandou uma mensagem de texto para saber se eu estava bem, e eu respondi que sim. Depois me provocou uma risada ao escrever: "A gente ainda pega de jeito aquele Pierre Zombeteiro!".

Eu ainda não sabia o motivo da piada, ou seja, o fato de ele ter falado ao Wander sobre o prédio e o desdobramento disso. Muito menos que Rufino e Suzi, os pais de Grace, àquela altura já estavam sabendo de tudo.

Após trocarmos mensagens, Grace, ainda sem sono, decidiu ir até a cozinha para tomar um copo de água. Surpreendeu-se ao flagrar uma conversa entre os pais à mesa de jantar. Sentados frente a frente, estavam sérios.

Caio Tozzi

Não demorou muito para sacar que o assunto em questão era a crise de papai. Naquele momento, Grace desconfiou de que tinha falado demais. E ficou muito confusa ao ver Rufino pegar na mão de Suzi e dizer:

– Não é fácil mesmo. A gente sabe muito bem o que é isso…

HEITOR

Eu, na minha cama, também não conseguia pegar no sono.

A cabeça estava a mil. Ao mesmo tempo que estava atenta ao estado de meu pai, também pensava em como tinha me divertido com Grace, colocava alguma esperança no encontro com a tal Elis e lembrava inúmeros momentos com mamãe.

Isso acontecia sempre. Toda noite, antes de dormir, a lembrança dela vinha à minha mente. Eu sentia muita, muita saudade dela. E sei que meu pai também, embora não tocasse muito no assunto. Acho que a partida dela ainda doía muito nele. Tinha sido uma tragédia. Em casa, tínhamos apenas uma foto dela em um porta-retrato. Era a imagem de uma viagem que nós três tínhamos feito para Santos quando eu devia ter uns seis anos. Ali estávamos felizes em um passeio de bonde. Foi um dia inesquecível.

Em meio àquele mar de recordações e sentimentos confusos, ouvi um barulho na cozinha. Imaginei que fosse meu pai em busca de algo para comer. Ele estava trancado no quarto desde antes de eu chegar, às seis, e já eram mais de onze da noite. Devia estar realmente faminto. Levantei-me com o intuito de ajudá-lo.

E lá estava ele mesmo, diante da pia. Vestia uma regata branca e um short de pijama azul. Seu rosto estava todo amassado. Respirava ofegante enquanto cortava uma maçã e uma banana.

– Você quer uma vitamina, Mabel? – perguntou, sem se voltar para mim.

– Não, pai – respondi. – Obrigada!

Caminhei pela cozinha, sentei-me num banquinho e o fiquei observando. Ele estava completamente concentrado no que preparava. Não vacilava nem olhava para o lado. Imaginei que temesse cruzar seu olhar com a fatídica rachadura e, com isso, o chão se abrisse novamente para ele.

De repente, parou o que estava fazendo e me falou com a cabeça baixa:

– Desculpe outra vez.

– Não precisa se desculpar, pai.

– Preciso sim. Você não merece passar por isso.

– *Você* não merece passar por isso – repeti, enfatizando o 'você'. Era o que eu acreditava mesmo. Por isso me permiti expandir a conversa. Talvez fosse o momento de eu, do alto dos meus treze anos, assumir uma nova postura: – Acho que podemos procurar ajuda.

– De quem? – ele respondeu um pouco contrariado.

– Acho que tem muita gente disposta a ajudar, pai. A gente é que não sabe… ou melhor, não deixa.

– Ninguém vai entender, Mabel! É uma doideira – disse ele, um pouco exaltado. – De repente isso acontece… Aí vêm os pensamentos ruins, os medos. Eu fico imaginando que algo muito trágico vai acontecer para mim, para você. É terrível…

E, naquele instante, como se quisesse triturar todos os seus medos, confusões, angústias, ele ligou o liquidificador. A vitamina estava ficando pronta, mas ele, diante do aparelho ligado por um minuto talvez, parecia destruído. Depois, pegou um copo e despejou o líquido dentro. Em seguida buscou um segundo copo, encheu, entregou para mim e foi na direção da sala, sem dizer nada. Eu fui atrás. Ele deixou a vitamina na mesa de centro e se jogou no sofá.

– Acho que acordei um bebê com o barulho do liquidificador – comentou, olhando para o teto.

Não entendi a que ele se referia.

Edifício Universo

– Aqui dentro tô gritando igual a ele – balbuciou.

Foi então que eu ouvi, vindo de algum lugar próximo, um bebê chorar realmente. Era um choro doído, interminável. Ignorei-o, pois meu foco era papai. Sentei-me no sofá ao lado dele e coloquei sua cabeça no meu colo. Sim, estávamos trocando de papel naquele momento.

Passando os dedos pelos seus cabelos, comecei a cantar a canção com a qual mamãe me ninava. Não sei se papai se lembrava daquela melodia, mas não me importei, e ele também não fez nenhuma alusão direta a ela. Foi a única forma que encontrei para tentar aplacar a dor que ele sentia.

Acho que repeti aquela espécie de mantra por uns quinze minutos. Quando me dei conta, papai tinha adormecido outra vez. Coitado, estava exausto. E eu, apesar de cansada, estava longe de conseguir pregar os olhos. Logo seria meia-noite, e eu tive certeza de que no dia seguinte faltaria à aula.

Fui até a pequena varanda do nosso apartamento para tomar ar. Ao chegar lá vi, uma moça na varanda do apartamento ao lado. Jovem e bonita, ela fumava e observava a paisagem da cidade. Não demorou muito para cruzarmos nossos olhares, e eu a cumprimentei, enquanto a brisa tocava meu rosto.

– Obrigada... – ela falou.

Fiquei sem entender o motivo da sua interação.

– O Heitor também agradece – completou ela com um sorriso.

Ri, sem graça.

– Heitor? – perguntei.

– É, meu bebê. Adorou a cantiga. Ele não estava conseguindo dormir, mas, ao ouvir o seu canto, relaxou e pegou no sono. – Tragou mais uma vez, antes de apagar o cigarro. – Era você que estava cantando, não era?

Fiz que sim com a cabeça.

– Não moro aqui. Estou de passagem pela cidade com minha família, e um amigo emprestou o apartamento para passarmos a noite. Ele é um anjo na minha vida. Que bom que temos pessoas assim, não é? Mas bem que eu queria ser sua vizinha para ouvir seu canto todo dia. Acho que o Heitor ia aprovar a ideia também.

Abri um sorriso, sem saber o que dizer. Senti uma estranha satisfação. Ela se despediu e entrou no apartamento. Eu nunca mais a vi e nunca conheci o Heitor.

Mas fiquei tocada com a ideia de ter feito bem a quem eu nem conhecia.

ELIS

"Amiga, você ainda está acordada?"

Era exatamente meia-noite quando a mensagem de Grace apitou em meu celular.

"Tô sem sono nenhum e amanhã tenho prova. Tô lascada!"

Me senti um pouco culpada por, no fim das contas, não a ter ajudado nos estudos. Fiquei mal mesmo, mas é que tudo estava muito confuso. Comecei a digitar rapidamente, fazendo-lhe uma proposta:

"Quer que eu vá rapidinho aí para explicar umas paradas? Tô sem conseguir dormir também. Sei lá, de repente ajuda…"

Grace rapidamente retornou:

"Jura que você faria isso por mim?"

"Faria! Tô indo!", avisei prontamente.

A noite se anunciava longa. Rapidamente tirei a camisola e coloquei uma roupa. Conferi como estava papai e

Edifício Universo

fiquei aliviada por ele continuar dormindo no sofá. Abri e fechei a porta do apartamento sem fazer barulho e comecei a descer as escadas. Grace morava no apartamento 101, no primeiro andar. Esse era meu destino final.

Mas todos os planos mudaram quando cheguei ao segundo andar.

A porta do apartamento 205 estava aberta. De lá saía uma luz bonita, que iluminava todo o corredor. Era bem o apartamento da Elis, a vizinha que a Grace tinha sugerido que eu procurasse. Tínhamos ficado muito tempo à espera dela, e agora parecia que tinha chegado a hora. Não consegui segurar a curiosidade. Caminhei até perto da porta e estiquei o pescoço para ver o lado de dentro. Mas, antes que eu pudesse conferir qualquer detalhe do ambiente, meus olhos encontraram uma mulher belíssima. Ela era alta, usava um vestido estampado arrasador e tinha um sorriso lindo.

– Oi – ela falou.

– Oi – respondi, um tanto constrangida.

– Era você que estava cantando há pouco?

– Como você sabe? – assustei-me. Será que todo mundo tinha ouvido? – Era eu, sim...

– Meu sexto sentido nunca falha – ela respondeu. – Entre, por favor.

– Ahn? Como assim? É mais de meia-noite...

Edifício Universo

Ela então caminhou até mim, pegou-me pela mão e me puxou para dentro.

– Não tem problema. Hoje é uma noite especial. Estou esperando um convidado.

– Noite especial? Convidado? – Pensei muitas coisas a partir daquelas informações. – Então devo estar atrapalhando...

Sem deixar que eu terminasse de falar, Elis me levou até a varandinha de seu apartamento. Encostada na grade pintada de verde, olhou para o alto, animada.

– Hoje é dia de eclipse lunar – contou.

Rapidamente fui conferir o céu, buscando a lua. Lá estava ela, cheia e reluzente. Pelo que eu tinha aprendido na escola, eclipse é quando a Terra se posiciona entre o sol e a lua e a sua sombra avança sobre a lua, fazendo com que ela desapareça aos nossos olhos. Bom, muito legal, né? Mas não entendi a animação da vizinha.

– Quando fenômenos como esse acontecem, o planeta Terra recebe uma energia extra proveniente da luz da lua. Ou seja, uma espécie de portal cósmico se abre. Por isso se torna uma oportunidade incrível para vibrarmos para o universo e pedirmos as coisas que desejamos – ela explicou.

Voltei meu olhar para a bola branca no céu e rapidamente deixei escapar o maior dos meus desejos.

– Que papai fique bem...

Elis pousou uma de suas mãos no meu ombro, num afago.

– Ele vai ficar bem, você vai ver. Estamos em uma era muito maluca, e a ansiedade, o medo e o pânico se tornaram sintomas deste tempo. Mas muito em breve uma nova era vai se abrir para toda a humanidade.

Apesar de ficar feliz com o que ouvi, não entendi de imediato como ela sabia do problema do meu pai. Mas não demorou para que ela me revelasse, diante da minha cara de interrogação.

– A Grace comentou comigo o que está acontecendo e me avisou que você viria me procurar. Eu disse que poderia ajudá-la com o maior prazer.

– Que droga! – esbravejei espontaneamente. – A Grace não deveria sair falando sobre coisas particulares dos outros...

– Calma... Mabel? É o seu nome, não?

– Sim...

Elis se aproximou de mim, pegou minhas mãos e procurou o fundo dos meus olhos. Eu me arrepiei. Seu olhar me confortou de um jeito como o de mamãe.

– Ela não fez por mal. Ela gosta de você e se preocupou, só isso. Permita que ela lhe ofereça esse cuidado, esse afeto. Isso é importante.

Assenti com a cabeça, aceitando aquela possibilidade.

Elis buscou um incenso e logo o acendeu, perfumando o ambiente.

– A gente não dá conta de tudo, Mabel. Precisamos dividir nossas angústias e desejos com o universo. É por isso que estamos aqui, todos juntos, conectados.

Algo na fala daquela mulher me fazia bem, me acolhia. Eu não sabia dizer muito bem o que era. Acho que algumas pessoas têm esse poder, é um dom. A Grace tinha razão: talvez eu estivesse precisando disso.

– Aproveite esta oportunidade. Nesta noite, mentalize as melhores coisas para seu pai, comunique isso ao universo. Confie nisso!

Meu pai mesmo sempre dizia que existiam coisas entre o céu e a terra que a gente nem imaginava. Eu poderia dar uma chance mesmo para o cosmo.

Sentindo-me totalmente em casa, logo ocupei um lugar estratégico na varandinha do apartamento de Elis para acompanhar o eclipse lunar. Foi quando seu convidado bateu à porta.

– Ah, seu Jaques, que bom que o senhor veio mesmo! – ela celebrou e foi ao encontro de um simpático senhor que avançava de braços abertos em sua direção.

JAQUES

—Mas que bela garota! – exclamou o tal seu Jaques ao me ver, e logo perguntou a Elis: – É sua parente?

A dona da casa conduziu o senhor até uma cadeira confortável que havia colocado na varandinha, bem perto de onde eu estava, e foi explicando a ele quem eu era:

– Não, é nossa vizinha aqui do prédio. Mora no quinto andar. O nome dela é Mabel.

Ele me sorriu com simpatia. Mas minha real impressão é que, mesmo olhando para mim, ele não me via direito. Parecia um pouco perdido, como se não soubesse onde estava e o que fazia ali. Elis era sempre muito carinhosa com ele.

– E, Mabel, este é o seu Jaques, morador do 304 – contou. – É o condômino mais antigo do Edifício Universo.

Ele ficou lisonjeado com tal apresentação.

– É verdade, é verdade! Faz trinta e dois anos que vivo aqui neste prédio!

Fiquei realmente comovida em conhecer uma pessoa que morava ali havia tanto tempo. Ele, o mais antigo. Eu, a mais nova. Tive vontade de perguntar a Elis como o cosmo, os astros, o destino ou quem quer fosse que decidia isso organiza as pessoas para fazer com que a gente cruze exatamente com quem surge em nossa vida. Tipo: por que eu, trinta e dois anos depois que seu Jaques havia chegado ao Edifício Universo, passaria a morar lá e o conheceria em uma noite de eclipse lunar? São tantos os mistérios que a vida carrega...

– Está preparado, seu Jaques? – Elis perguntou toda animada.

Ele encarou a vizinha confusamente. Talvez não soubesse a que ela se referia.

– Hoje é dia do eclipse lunar, lembra? – ela explicou. – Eu convidei o senhor para vermos juntos aqui de casa.

– Ah, sim... claro! – ele murmurou. – Vai ser muito bonito!

Pouco a pouco, acompanhando o diálogo dos dois, fui percebendo que Elis ia reforçando ao convidado o que faziam ali. Logo supus que a memória de seu Jaques já não andasse muito boa.

Enquanto esperávamos o espetáculo começar, Elis nos serviu alguns petiscos e pediu para seu Jaques contar um

Edifício Universo

pouco de sua vida para mim. O senhor ficava sempre quieto, mas sorridente, tentando resgatar algo do fundo de seu baú interno para me contar, mas fazia isso com muita dificuldade. Elis não parava de estimulá-lo.

– Mabel, o seu Jaques foi aviador, acredita? Eu não poderia ver esse show no céu sem a presença de um "especialista".

Seu Jaques ficou todo contente com o comentário.

– Seu Jaques, o senhor podia contar como salvou a vida de uma passageira em pleno voo, lembra? – ela pediu.

E o senhor olhava para a amiga, concordando com a cabeça, mas com o pensamento longe. De quando em quando, complementava uma ou outra história:

– Ah, sim, a mulher engasgou. Estávamos sobrevoando o estado da Bahia. Deixei o copiloto no comando da aeronave e fui ajudar a passageira...

E assim, naquela noite, ele recordou voos perigosíssimos, condecorações recebidas, os diversos países e culturas diferentes que conhecera e tantas outras experiências incríveis. E, sempre que contava algo, seus olhos brilhavam de orgulho. E os de Elis, igualmente.

A certa altura do encontro, quase no momento do início do espetáculo da natureza que aguardávamos, Elis sentou-se ao meu lado.

– Que histórias incríveis seu Jaques já viveu, hein? Que emoção ser vizinha dele... – falei entusiasmada.

Edifício Universo

– Eu o ajudo muito a lembrar. Imagino como é difícil quando isso acontece – revelou.

– E ele contou tudo pra você?

Ela olhou para mim, sorrindo.

– Noventa por cento do que falei eu inventei.

Arregalei os olhos, surpresa.

– Que mal há em preencher de imaginação os espaços deixados pela memória? – ela respondeu, piscando para mim.

Engoli em seco a bebida que tomava ao ouvir aquela frase. Ela era incrível mesmo.

– O que importa, Mabel, é pensar no presente. Precisamos estar bem agora, hoje, neste momento. No fundo, no fundo, não temos mais nada além disso – ela falou, e me contou um pouco sobre seu Jaques. – Ele foi um aviador mesmo, isso é verdade. Morava aqui com a dona Teresinha, sua esposa, que faleceu faz uns dez anos. Depois, os filhos seguiram cada um a sua vida e pouco aparecem para visitá-lo. Seu Jaques fica na maior parte do tempo sozinho em seu apartamento, e sempre que posso o convido para alguma coisa. É meu jeito de fazer bem a ele hoje, sem pensar no que aconteceu antes nem no que virá depois.

O modo como Elis via o mundo e as pessoas me comoveu profundamente. Eu não sabia que era possível agir e viver daquela maneira. Achei bonito e até me segurei para não chorar de emoção na frente deles – eu estava frágil naquela noite. Mas, para a minha sorte, em poucos instantes a atenção de todos se voltou para o início do eclipse.

– A lua está desaparecendo! – ouvimos alguém falar lá de baixo.

Era o Wander, que também estava acompanhando o eclipse, debruçado na janelinha da guarita. Pouco a pouco, a sombra da Terra ia tomando conta da lua, fazendo que ela sumisse no céu.

– Que coisa mais linda! – disse seu Jaques.

– Mentalize coisas boas, Mabel! – Elis me lembrou.

Fechei os olhos e pensei coisas positivas e bonitas para a minha vida. Mas não só. Sem muito esforço, comecei a pensar e desejar também coisas positivas e bonitas para as pessoas que eu conhecia. E por que não para seu Jaques, Elis, Grace e…

– Wandão, o que cê tá olhando pra cima, cara? O prédio *tá* caindo? Peloamordedeus! – ouvi alguém gritar, interrompendo meu fluxo de pensamento.

Debrucei na grade da varanda e vi no andar de baixo alguém falando com o porteiro. Era ele: Pierre.

– Ô, Pierre, se toque! Tá rolando um eclipse! – E o porteiro apontou para o céu.

O menino então olhou para a direção indicada e viu um último resquício do grande satélite natural.

– Eita, mano! É o fim do mundo! Hoje as coisas não tão boas! – desesperou-se.

Elis não conseguiu conter a sua risada e falou ao meu ouvido:

– Esse nosso vizinho é uma figura! – E depois o chamou, tentando acalmá-lo. – Fique tranquilo, querido. Nada de ruim vai acontecer, muito pelo contrário!

Pierre olhou para o apartamento acima do seu e viu Elis e depois, ao lado dela, me viu. Cruzou os braços, fazendo uma careta.

– Ô, garota, pelo que sei cê não mora nesse apartamento! Que que cê tá fazendo aí?

Imediatamente entrei no apartamento, saindo de seu campo de visão.

– Ô garoto chato! – deixei escapar.

Elis veio atrás e me provocou, pois tinha ouvido meu murmúrio:

– Será que não tem um jeito de dar uma chance para ele, Mabel? Sabe lá por que ele é assim, o que ele está passando, né?

NORMA

A observação de Elis ficou na minha cabeça por um bom tempo depois que deixei seu apartamento. Afinal, o que aquele garoto, a quem Grace apelidara de Zombeteiro, estava querendo? Será que ele não estava pedindo algo pra gente?

Lembrei que uma vez papai tinha comentado comigo que não entendia o comportamento de diversas pessoas com quem convivia socialmente. Disse que com certa regularidade cruzava com pessoas que se comportavam do forma grosseira e estúpida, sem motivo aparente, fosse no trânsito, fosse no trabalho ou em ambientes públicos. E ele tinha completado: "Sempre fico pensando no que está doendo dentro deles…".

Tem coisas que são invisíveis. Meu pai era a prova disso. Aparentemente vivia em paz, mas dentro dele um turbilhão de coisas acontecia, machucava, amedrontava.

Depois pensei em Pierre. Às vezes não temos mesmo total noção do que está se passando na vida de quem cruza com a gente.

Fui caminhando, quase sem perceber, até o apartamento do garoto. Talvez isso tenha acontecido porque fiquei com muita vontade de conversar com ele, perguntar o que estava pegando.

Para minha total surpresa, diante da porta de sua casa, ouvi barulhos estranhos. Parecia que, do lado de dentro, portas batiam, móveis se arrastavam. Vozes aumentavam um tom, num diálogo que não parecia amigável.

Peguei o celular do bolso e ensaiei mandar uma mensagem para Grace. Estava ficando preocupada de verdade. Desisti do envio diante da ideia de pedir ajuda a Elis – mas talvez ela e a família de Pierre não tivessem intimidade para tal interferência. Foi quando me ocorreu buscar a pessoa que mais conhecia os moradores daquele edifício. Desci as escadas em direção ao térreo e cheguei à guarita toda esbaforida. Wander obviamente se assustou com minha presença repentina.

– Não me venha com aquele papo de prédio caindo, hein? – logo disparou, abrindo a porta com desespero.

– Não, não é nada disso! Eu estava descendo as escadas quando ouvi uma gritaria no primeiro andar.

Wander fez um gesto negativo com a cabeça e depois olhou na direção do apartamento onde o menino morava.

– Essa casa não tem paz. Veja só, menina, duas da madrugada e eles brigando. Coitado do Pierrito, morro de pena… – lamentou.

– O que acontece lá?

– Ninguém sabe muito bem, Mabel. O doutor, pai do Pierre, viaja a trabalho por todo o país, nunca está em casa. O menino fica com a mãe, a dona Norma. Mas, sei lá, é uma brigaiada sem fim. Ela trata o menino muito mal. Depois ninguém sabe por que o Pierre fica pelos cantos provocando as pessoas. Ele busca alguém que lhe dê atenção; só não percebe isso quem não quer. Já falei pra Grace parar de dar apelido pra ele, não é legal. Quando aparece aqui, converso com ele um tempão.

Eu estava chocada. Lembrei que Pierre estava à espreita, na escada, quando o encontramos horas antes. Será que estava fugindo de algo? Será que estava se protegendo? Será que queria que fôssemos suas amigas e não sabia demonstrar isso?

– Vou confessar uma coisa pra você, Mabel: tem dias que eu prefiro que o Pierre fique aqui na portaria comigo e não lá no apartamento dele.

Fiquei com o coração partido ao saber daquilo e também da maneira como o tinha tratado. E fiquei pensando também na tal dona Norma, mãe dele. O que será que a levava a tratá-lo daquela maneira? Será que alguém tinha pensado naquilo?

Edifício Universo

Era muita coisa para a minha cabeça, na verdade. Aquela noite já estava indo longe demais para mim, e era melhor eu ir para casa, para ficar definitivamente com meu pai e descansar um pouco. Me despedi de Wander, lamentando o ocorrido. Mas, na subida, encontrei o garoto sentado no canto da escada, no mesmo lugar de antes.

Pierre estava quieto, abraçado aos joelhos, com a cabeça entre as pernas. Tentei passar despercebida, me desviar dele sem que notasse minha presença – afinal, não saberia o que dizer. Quando cruzei com ele, talvez tenha percebido meu vulto e disse, quase como um ataque:

– O que cê tá fazendo aqui, hein? Acordada a essa hora por quê? Tá me espionando, é?

Avancei mais alguns degraus sem responder, mas não me contive. Voltei e sentei ao seu lado.

– Você não deveria falar assim comigo! – retruquei.

– Ah é, e por quê, hein? – perguntou, me enfrentando.

– Meu pai não está bem. Eu também não. Você precisa respeitar as pessoas. Não sabe o que elas estão vivendo.

Ele me olhou no fundo dos olhos. Acho que nunca na minha vida eu vou esquecer aquele momento.

– E cê acha que tá tudo de boa por aqui? Que só você precisa de ajuda?

Fiquei muda. Ele tinha razão. Até então, naquela noite, os moradores do Edifício Universo tinham sido muito solícitos comigo e com meu problema. Talvez fosse a hora de retribuir.

– Então como eu posso ajudar você?

– Me leve embora deste lugar.

– Como assim?

– Eu preciso ir embora, garota. Nem que seja por alguns segundos.

Eu não sabia como fazer aquilo. Não podíamos, nós dois, com a idade que tínhamos, sair pela cidade de madrugada, sozinhos. E jamais o Wander iria permitir nossa saída do prédio. Me lembrei do eclipse – será que ainda era possível fazer algum pedido para o universo? Ainda dava tempo? Naquele momento, achei que seria a única coisa que poderia fazer por ele. Pedi que, de alguma forma, ele fosse tirado daquele lugar, do que estava vivendo.

Fechei os olhos, concentrando-me em meu pedido.

– O que cê tá fazendo? – ele indagou. – Tá caindo de sono, hein? Precisa dormir, garota!

Respirei fundo para não revidar, tão ingrato ele estava sendo. Pedi também que a mãe dele, a tal dona Norma, se acalmasse e encontrasse um pouco de paz. Não sei como o universo trabalhou dentro do apartamento da família, com a mulher, mas, lá fora, acabou respondendo quase imediatamente.

TINA

– Ei, meninada! O que vocês estão aprontando a esta hora da madrugada?

Tínhamos sido descobertos. Olhei para o fim do corredor e vi a porta de um dos apartamentos aberta, com as luzes todas acesas. Pierre, sempre atrevido, logo retrucou:

– E isso é hora de ouvir música a essa altura?

Ele tinha razão: o som que vinha lá de dentro era muito impróprio para o horário. Após o revide, a pessoa veio até nós. Tremi na base, temi que fôssemos denunciados por algum tipo de inconveniente. Mas em pouco tempo me aliviei: quem chegava perto não era nenhum monstro terrível, mas uma jovem de vinte e poucos anos. Parecia estar muito feliz.

– Vocês já foram a alguma balada? – ela perguntou.

Pierre mudou sua energia em milésimos de segundos, abriu um sorriso enorme e se empolgou:

– É o sonho da minha vida, mina!

Edifício Universo

Tive vontade de mandá-lo ficar quieto. Imagine chamar a moça de "mina"?

– Então venham – ela disse, para nossa surpresa. – Mas é aqui mesmo, tudo bem?

Pierre nem pensou duas vezes e a acompanhou. Eu, ao que parecia, não teria escolha senão fazer o mesmo. Na verdade, achei a situação meio esquisita. Qual o motivo daquela animação toda às três da madrugada? Quando entrei no apartamento, senti uma felicidade danada, o astral mudou por completo. As paredes coloridas, muitos objetos da cultura *pop*, pôsteres de filmes, tudo muito divertido. Pierre, que devia estar pensando o mesmo que eu, já havia perguntado a ela por que estava fazendo aquela festa.

– Hoje recebi uma notícia fantástica! Consegui uma vaga num emprego que eu desejava há muito, muito tempo! Minha vida vai mudar, gente! – a moça contou.

Ela estava tão emocionada e contente que logo fui contagiada. E não fui só eu... acho que Pierre, para minha surpresa, também. Tanto que, quando percebemos, estávamos os três abraçados no meio da sala dela, vibrando juntos. Tudo muito estranho, mas ao mesmo tempo muito bom. Por algum motivo, estávamos plenos e felizes. E qual o problema de não conhecermos aquela jovem? Por isso não poderíamos celebrar juntos?

Edifício Universo

– Foram muitos anos de estudo, de dedicação, sabe? Ah, eu queria tanto isso...

Quando percebi, Pierre tinha uma garrafa de refrigerante na mão e dançava sozinho uma música dos anos 1970 que saía de uma vitrola antiga superdescolada. Fiquei observando o garoto se divertir e me comovi. Afinal, minutos antes ele estava levando uma grande bronca da mãe e sofrendo, como sempre vivera. E agora ali estava ele, livre, leve e solto. Que sorte termos encontrado a... puxa, até aquele momento eu não sabia o nome da divertida vizinha...

– Tina! – ela estendeu a mão, apresentando-se assim que perguntei. – Muito prazer!

– Eu sou a Mabel – falei e apontei para o meio da sala. – E ele é o Pierre!

– Ele eu já vi aqui no prédio, mas você, não...

– É que eu sou nova aqui. Mudei recentemente com meu pai lá para....

Tina, então, levou as mãos à boca, em um gesto de surpresa.

– Você é a filha do Padu? – ela me cortou com euforia.

Fiz que sim com a cabeça, estranhando como ela sabia daquilo.

– Não acredito, Mabel! – ela vibrou. – Eu sou fã do trabalho do seu pai desde que ele fazia o *ZinePop*!

– Ih, nesse tempo eu nem tinha nascido! – brinquei.

Então, Tina entrou num quarto e voltou com exemplares de revistas para as quais papai já tinha trabalhado.

– Desde que o Wander comentou que um desenhista tinha se mudado aqui para o edifício, fiquei tentando descobrir quem era. Eu sou fã de arte, de quadrinhos, de tudo o mais, como você pode perceber... E fiquei louca quando soube que era seu pai.

– Que legal, Tina! Ele vai ficar feliz em saber que você gosta do trabalho dele!

– Quando for um momento adequado, você me apresentaria pra ele? – Tina pediu.

– Claro!

– Quero que ele autografe esta história, *O retorno*. É a minha favorita – disse Tina, mostrando as páginas de uma revista.

– Ah, ela é demais, mesmo...

– Deve ser a coisa mais maravilhosa ter um pai como ele, não é?

Então, meu coração doeu ao lembrar que, naquele momento, ou ele estaria dormindo para fugir do seu maior sofrimento ou estaria fritando na cama com mil caraminholas terríveis na cabeça.

– É, sim... – E então me lembrei do que Elis me dissera sobre compartilhar. – Pena que ele está numa fase difícil; vem sofrendo com umas crises de pânico.

Edifício Universo

Os olhos de Tina se entristeceram de imediato.

– Peraí... – E ficou um pouco confusa. – Como eu posso ajudar você, ajudar seu pai? Não pode ser...

Então, ela correu para a vitrola e desligou o som.

– Me conte, por favor. Isso é sério...

Sem pedir, voltei a ligar a música.

– Depois a gente vê isso. Agora você está ajudando o Pierre – falei, apontando para o menino.

Tina olhou para mim e fez um gesto de positivo com a cabeça.

– Pelo pouco que vejo, morando aqui, imagino a barra que ele passa.

Ficamos em silêncio por algum tempo, até que resolvi puxá-la para a pista improvisada.

E dançamos.

Nos jogamos.

Rimos.

E vivemos intensamente aqueles minutos todos, sem pensar em mais nada. Aquele encontro representou muita coisa naquele dia tão difícil. Posso até dizer que foi um dos momentos mais importantes daqueles meus treze anos de vida – não sei se Tina e Pierre tinham noção daquilo.

Foi demais!

– Tina... – falei a certa altura. – Acho que estão batendo na porta.

– Mande entrar! – gritou Pierre, divertindo-se.

Tina foi até a vitrola e a desligou. O relógio marcava quase quatro horas da madrugada.

– Acho que exageramos… – ela falou.

SUZI

Assim que Tina abriu a porta, deu de cara com seu Rufino, o síndico. Ela achou que estava encrencada. Na verdade, Pierre e eu também achamos que íamos nos dar mal naquela história. Mas ele acabou sendo bem-educado, é verdade. E estava com um pijama amarelo-ovo, o que era engraçado.

– Dona Cristina, me desculpe por incomodá-la – ele falou depois de um pigarro introdutório. – Acontece que a esta hora já não é permitido ouvir música tão alto.

– Ah, meu Deus! – ela exclamou espontaneamente. – Eu nem percebi... Algum vizinho reclamou?

– Bem, na verdade o vizinho que está reclamando sou eu – ele respondeu.

Em mais um gesto involuntário, Tina o abraçou.

– Desculpe, seu Rufino. Sabe o que é? Hoje a minha vida mudou por completo. Desde os dezessete anos estou estudando para conseguir uma vaga numa indústria

muito importante na área em que atuo. Era o sonho da minha vida. E hoje saiu o resultado do concurso deste ano. Eu consegui! Eu consegui! – Então, a moça se soltou do síndico e, olhando em seus olhos, finalizou: – Eu só estava muito feliz. Foi isso.

O gesto inesperado dela fez seu Rufino ficar constrangido. Foi apenas naquele momento que Pierre e eu fomos ver o que estava acontecendo do lado de fora do apartamento. Àquela altura, o corredor estava cheio de vizinhos querendo saber a razão daquele tumulto em plena madrugada.

– Ei, o que vocês estão fazendo aí dentro? – perguntou Grace, com a maior cara de sono. – Gente, vamos resolver as coisas logo, que amanhã eu tenho prova!

– Nossa, Grace, eu desci pra ajudar você a estudar, mas no caminho aconteceu taaaanta coisa! – expliquei.

– De boa, Mabel! Eu nem ia conseguir captar nada da matéria mesmo. Logo depois que conversamos, desmaiei na minha cama – ela respondeu e logo voltou à questão inicial: – Mas me fale: o que você está fazendo com o Pierre aí dentro? Mabel, é o Pierre Zombeteiro!

Pierre e eu nos olhamos, cúmplices.

– Não sei muito bem qual foi a magia que aconteceu neste prédio durante esta noite… – respondi.

Edifício Universo

– Deve ter sido mesmo algo muuuuito doido! – ele concordou.

Ao ver a movimentação, Tina voltou a se desculpar e avisou que iria parar sua comemoração naquele instante. Depois se virou para seu Rufino:

– Se precisar aplicar algum tipo de multa, o senhor está no seu direito.

Mas o síndico abriu um sorriso paternal e disse:

– Boa noite, dona Cristina. Parabéns pela conquista!

Nos despedimos de Tina e, ao sairmos do apartamento, ela nos convidou para voltar mais vezes. Animado, Pierre disse que não tardaria a aparecer, mas precisava voltar com urgência para casa.

– Ah, se a minha mãe descobre que estou aqui… – ele resmungou.

Eu acompanhei com compaixão aquele menino subindo as escadas. Depois percebi que Grace continuava me esperando no corredor.

– Amiga, preciso dizer uma coisa pra você. – Ela me pegou pelo braço. – Acho que sei quem pode ajudar seu pai.

Meu pai! Naquele momento me lembrei dele. Eu precisava estar com ele, deveria subir para casa o mais rápido possível. Mas, antes que eu voltasse, vi Suzi, a mãe de Grace, vindo na minha direção.

– Oi, Mabel, tudo bem? Bem, se você quiser, posso falar com seu pai, ter uma conversa com ele a qualquer hora.

– Você é psicóloga, tia? – perguntei espontaneamente.

Ela sorriu e disse que não.

– Mas já passei por situações muito semelhantes à que seu pai está vivendo.

– Eu nunca soube disso, Mabel. Isso aconteceu quando eu era bem pequenininha – minha amiga explicou.

– Pois é, uma das coisas mais importantes para meu processo foi conversar com pessoas que já tinham vivido algo parecido. Seu pai já teve essa experiência?

– Eu acho que não, tia – respondi, tentando me lembrar. Mas fiquei muito animada com a proposta dela. Ia ser muito importante! – Então, vamos subir lá em casa imediatamente!

– Mas agora? É muito tarde, Mabel…

Me lembrei da Elis e do que ela tinha contado sobre seu Jaques. O importante é viver e fazer agora o que deve ser feito.

– Não é, não. Venha comigo!

PADU

Não sei muito bem o que aconteceu daquele momento em que convidei Suzi para subirmos ao meu apartamento até chegarmos lá. Só sei que, talvez por causa da madrugada movimentada, praticamente todos os moradores estavam acordados e sabiam o que se passava em casa. Dessa forma, a cada lance de escada por que passávamos, as portas dos apartamentos iam se abrindo, e meus vizinhos vinham nos acompanhar. Quando coloquei a chave na fechadura, além de Suzi, estavam atrás de mim seu Rufino, Grace, Norma, Pierre, Elis, seu Jaques, Tina e até o Wander. Todos querendo saber como estava papai.

Ao abrir a porta, dei de cara com ele sentado em uma poltrona da sala, encarando a rachadura na parede. A maldita rachadura que ele nunca tinha visto e que, naquele dia, havia desencadeado seu processo de medo, pavor,

Edifício Universo

pânico. Talvez, a certa altura da noite, ele tivesse decidido encarar aquele seu inimigo – mas, na verdade, estava enfrentando a si mesmo, sua própria cabeça. Quando me aproximei, papai tomou um susto.

– Mabel, achei que você estava dormindo no seu quarto, filha…

O segundo espanto se deu quando ele percebeu o número de pessoas que estavam paradas diante da porta.

– O que está acontecendo aqui? – quis saber. – Já são mais de cinco da madrugada!

Cheguei ao lado dele, coloquei a mão em seu ombro e perguntei:

– Como você está?

– Acho que bem…

Eu tinha uma longa explicação para dar a ele. Mas, antes de qualquer coisa, queria contar o que eu havia conquistado naquela noite.

– Esses são nossos vizinhos aqui do Edifício Universo, pai.

Então ele observou um a um.

– Ficaram muito preocupados com você – expliquei.

Papai abaixou a cabeça, envergonhado.

– Como souberam?

Busquei Suzi com o olhar e pedi que viesse até nós.

– Padu, não precisa ter vergonha – disse ela. – Eu também já vivi isso. É horrível.

Papai olhou para a mãe de Grace, muito surpreso com a revelação.

– Podemos conversar, se quiser – ela continuou. – A gente vive cada um dentro de uma dessas "caixinhas" que são nossos apartamentos neste prédio, com nossos pensamentos, nossas angústias, nossas questões… sempre achando que somos os únicos. E esquecemos que na "caixinha" ao lado tem alguém vivendo a mesma coisa.

– Ou outra coisa, talvez… – complementei. – E, de repente, quando a gente se abre, podemos melhorar a nossa vida e a da outra pessoa. Foi o que aconteceu aqui, pai. Eu acabei contando para a Grace sobre o que tinha acontecido, e aí fui sendo levada a conhecer cada uma dessas pessoas que vivem ao nosso lado… – E ainda reforcei: – É isso mesmo, estão do nosso lado, literalmente.

Papai ficou pensativo com minha fala.

– Eu queria seu bem, a Grace queria o meu, a Elis, o bem do Jaques, eu, o do Pierre, seu Rufino, o bem da Tina, e assim sucessivamente. É assim que funciona: estamos conectados neste universo.

Meu pai riu, achando graça.

– No edifício?

Caio Tozzi

– Também, pai, mas não só.

Então, ele se levantou e respirou fundo. Chegou até mim e me abraçou. Com a cabeça em seu peito, percebi que ele estava melhor.

E eu, também.

Mais do que nunca.

EPÍLOGO

O EDIFÍCIO

—Mano, que da ora... Eu não dormi! Virei a noite inteirinha. Nunca na minha vida tinha feito isso! – vibrou Pierre, debruçado na varanda do meu apartamento.

Estávamos ele, Grace e eu ali, vendo juntos o sol nascer (como eu morava no último andar do edifício, tinha a melhor vista).

– Ah, acho que tudo o que aconteceu nesta noite amoleceu o coração do meu pai. Por isso, ele deixou que eu faltasse na escola. Disse que vai falar depois com o coordenador para eu fazer uma prova substitutiva. Aí você tem que me ajudar, hein, Mabel?

– Ah, é claro... – respondi sem ouvir o que os dois falavam. Estava atenta aos detalhes da paisagem à nossa frente.

No horizonte, o sol nascia. As janelas dos inúmeros prédios iam se abrindo pouco a pouco. A vizinhança acordava. Fiquei pensando no que devia acontecer em cada um daqueles apartamentos. Tantas pessoas que vivem ao nosso redor, pessoas com quem a gente cruza todo dia... Pessoas que parecem invisíveis, mas podem se tornar essenciais para nossa vida quando menos esperamos.

Lá do alto, vi papai saindo do prédio. Ele falou que precisava dar uma volta para espairecer e que passaria na padaria pra comprar um delicioso café da manhã pra gente – e a Grace e o Pierre estavam convidadíssimos. Percebi que Wander, já sem o uniforme, pois estava deixando o turno, o interceptava. Conversaram algo; não imagino o que foi. Só sei que papai o abraçou. Talvez estivesse lhe agradecendo. Então os dois saíram juntos pela calçada e caminharam lado a lado até desaparecerem da minha vista.

Pois é: assim como o Edifício Universo, naquela manhã me senti mais inteira e de pé do que nunca. Me sentia protegida, viva, e nada, nada mesmo, iria conseguir me fazer desabar. Porque eu tinha com quem contar.

Me lembrei do meu pedido para a lua. Sabia que ele seria atendido. Jamais contei a ninguém sobre isso, mas naquela noite desejei ficar junto de quem fosse do bem, por toda a minha existência.

Porque havia descoberto que éramos muitos.

SOBRE O AUTOR

CAIO TOZZI é escritor, roteirista e jornalista. Nasceu em São Paulo, no ano de 1984. É formado em jornalismo pela Universidade Metodista de São Paulo e pós-graduado em roteiro audiovisual pela PUC-SP. Atua em projetos de arte, cultura, entretenimento e em diversas áreas de conteúdo, como jornalismo e publicidade. Seus contos e crônicas estão reunidos nos livros *Postal e outras histórias* e *Quando éramos mais*. Para os jovens leitores, escreveu, entre outros, os livros *Tito Bang!* (Sesi-SP Editora), *Fabulosa Mani* (Globo Livros), *Procura-se Zapata* (Panda Books), *Sala 1208* (Editora do Brasil) e *Super-Ulisses* (Escarlate). Como documentarista, criou, roteirizou e codirigiu os filmes *Ele era um menino feliz – O Menino Maluquinho, 30 anos depois*, sobre a trajetória do personagem mais famoso do escritor e cartunista Ziraldo, e *A vida não basta*, que conta histórias de pessoas que vivem pela arte e tem a participação de Milton Hatoum, Ferreira Gullar, Toquinho e Denise Fraga, entre outros. Para os palcos, escreveu o monólogo dramático *Vic Triunfo* e o infantojuvenil *Os lunáticos*. Também é o criador e apresentador do podcast #MOCHILA, que fala sobre ficções produzidas para jovens. Para conhecer melhor seu trabalho, acesse www.caiotozzi.com.